고향이 보이는 창

고향이 보이는 창

임 규 택

새미

나의 얼굴을 찾아서

두 눈을 부릅뜨고도
가까운 눈썹을
바라보지 못하였으니
마음 또한
울렁거리는 멀미를 가라앉히지 못한 채
여지 것 살아왔나 싶습니다
나의 얼굴을 찾아내기 위하여
문학의 길로 들어섰던 여정
이제 겨우
우편번호만을 적어 넣은 채
두 번째
편지를 띄웁니다

포근한 날갯짓으로 찾아들어
마음의 눈으로
읽혀지기를 소망하면서……

2011.5.
이천 단드레 허심당에서
해정 임규택

차례

제1부 마음은 수리 중

제2부 한 방울 물이 되어

제4부 눈개

제5부 저무는 가을 강

마음은 수리 중

처녀 시집

꽃샘바람 불어오는
밤하늘이 그러했을까
망설임으로 엮은
넋두리들이
작은 날개를 펴고 떠났다
홍수 속
소수점으로 밀려나는
책장의 갈피 되어도
세상 일로 흔들리던
기억들
심어놓은 별이 되어
목마름에 되돌아오는
영롱한 빛이었으면……

아들딸이 오는 날

못비가
오다 서다 하는 숲에서
오월을 훔쳐보던
뻐꾸기의 기별이 내려선다
괭하게 씻긴 유리창 건너로
녹야에 쪼그려 앉은 치맛자락
기다림은
호미 끝으로 길을 내려는데
쓰지 않고도
드러내고 싶은
시인의 눈 속에
희끗희끗 나부끼는
어미의 마중이 아리다
아들딸이 오는 날
연혼 같은 살가운 만남은
한 오라기
날금을 걸어놓고

또 한 번
봄이 왔나 싶게 갈 터이니
떨어질 힘조차 아픈 시간들이
꽃밭에서 진다.

시인의 겨울 시계

봄을 틔우기 위하여
아침은
목련의 가지에
눈꽃으로 피었다가

여린 햇살이
풍경을 앗아가 버리면
봉오리에
詩를 오므리고 숨어드는데

잎눈에
대롱대롱 거리는
붓방아의 빈혈은
먼 기다림만 적신 채
고드름으로 흘러내릴 뿐

창밖의 한나절은

코끝을 찡긋거리는
바람소리로 요란하다.

마음은 수리 중

움파리처럼*패인 체면이
마음의 강물이 되어
조약돌을 굴리며 가고
바다를 향하여 지핀 불길은
별이 지지 않는 새벽을 걸어
덧없는 거품으로 되돌아 올 뿐
배를 밀치고 간
파도의 이유를 알 길이 없다
마르지 않는
한 움큼의 앙금
바늘귀를 맴도는
알몸의 갯바람이 되어
녹슨 닻줄을 조이며 다가오고
낮익은 얼굴들이 태운
구리 빛 인연의 햇살들이
들꽃의 정원으로 화려하건만
강산이 옷을 바꿔 입은 세월

아직도
감춘 손 내밀지 못하고
마음은 수리 중이다.

* 우묵하게 들어가고 물이 괸 곳

창밖의 표정

구부린 날개들이
겨울을 벗어놓은
원통산*은
악기들로 몸살을 앓고

만개를 기다리는
손톱 끝의 사랑
북녘으로 내민 봉오리, 봉오리
마당은
산란을 불러들이는
조잘거림으로 어지러운데

잔설의 얼룩
그리움 늦추고 있는
복하천은
사월의 빛을 안고
더딘 길을 헤아리며 온다.

* 이천시 단월동에 소재한 산

잃어버린 머플러

함박눈 오시는 날
들길에 서면
가을이 다녀간
느티나무 밑은
잊었던 물상들이 모인다는 소문

얼마를 기다리면
눌어붙은 모습들이
아는 체 할까

젊음이 세 들었던 동안
드난살이
청계천에서 잃어버린
머플러도 찾을 수 있을까

감싸고 있었던
목덜미의 따사로움은 돈연한데

허공에 걸렸던 마음
솔솔바람에
자리를 바꾸는 구름이 된다.

고향집 가는 길

(1)

해거름, 산복도로 이고 뱀 허리 골목을 접어 돈다. 탱자나무 울타리 따라 굴렁쇠 굴리며 동네를 내달리는 코 흘리게 머슴애, 닳은 검정고무신은 꿈을 실어 나르고 있다. 멈추라면 금방이라도 울어버릴 것 같은 모습처럼 그렇게

(2)

자취방에서 쏟아져 나온 파랑새들이, 종종걸음 야참 보따리를 들고 신작로를 내려선다. 찔레순, 갯벌이 싫어 탯줄을 끊은 다부진 걸음걸음들, 고무공장, 방직회사 삼교대 출근길에는 치마저고리 하이힐이 낯설기만 한데, 까까머리 쓰다듬어주던 우리 집 세 들었던 누나

(3)

아득해진 고향, 백발의 인연을 털어내고 콘크리트 숲

을 빠져나온다. 별도, 사랑도, 추억도, 온데간데없고 쉬어 가라는 사람도 없다. 술래잡기 내 뒷모습이 흘려놓은, 잊혀 진 날들만 무겁다. 언제 또 찾아올 수 있을까, 멀거니 바라보는 하늘, 호들갑스러운 황사바람만 불어오는데……

가족이란

더러는
미움의 무게를 내려놓다가
손가락이 겹질리기도 하고
식어가는 가슴
체온을 벗어 주다가
감기를 앓기도 하지
부르튼 손
아픔까지 꼭꼭 어루만지다
아롱다롱
단란했던 꽃가지 들이
네 몸 밖
또 다른 심장으로 뛰어
저 갈길 헤매는 일로
신열이 나면
말보다 마음이 앞선 우리는
서로 먼저
등 내밀어 업어주지

내가 나의 얼굴을 잘 아는 우리들은
마주보며 엉엉
울어도 좋을 것이지
더러는

첫사랑

무었을 하고 있을까

꽃잎
숨어 피우고
속삭거리다 가버린
소녀

부치지 못한 편지
눈웃음 동여맨
단발머리

잡힐 듯 아른거리는
푸르던 날의
설렘

아는 듯 모르는 듯

그리움으로 살아
지워지지 않는
성에.

고향이 보이는 창

가물거리는 너울
유년을 싣고
걸음걸음이 터분하다

겨울비
오롯이 젖는 솔숲
탯줄 물고 앉은
곤줄박이

턱을 괴이면
향수에 머뭇거리던
하얀 목소리
피고개를 넘었던
육남매

덤불 속에 가려진
지움의 허락

창가엔
고향이 얼어붙는다.

세월 속에 들다

노을 속에 숨겨둔 약속

나무에 걸린
아이의 연이 되어
앙상한 댓가지만 남아도

바람의 손을 잡고
나붓거리니

지우지 못한 날들은 그늑하다

뒤돌아 가지 않으려
서리꽃 피우고 싶은
터울거리는* 여정

새로이 다가서는 모습들은
영롱하여 짧기만 하니

채워지는 것들은 아름답기만 하다.

* 목적을 이루려고 애를 몹시 쓰다.

부 부. 1

내가
숨을
곳

당신을
숨겨줄
곳

들키지 않아서
좋은
곳.

부 부. 2

석양의
한
사람

해바라기 같은
또
한
사람

마주 보다
닮은
두
사람.

빈자리. 2

바람도
외로워 눕는 날이면
어스름에 허기지는 사람냄새
감성의 촉수는
마중 없어도
섭섭다 않을 사람
썰렁한 버스 정류장
어둠이 내려앉은 의자에
귀소본능이 치매로 쌓이고
인내를 담금질 하던
단축번호, 1
흠칫 눌렀다 돌아서면
"그대가 보고 싶을 땐,"
"미칠 듯 보고 싶을 땐…"
고객이
전화를 받을 수 없어
소리샘으로 연결 됩니다……

친구가 그리워지는 날
─동서울 터미널 영덕 횟집에서

멀찌감치
어정거리며
그리움의 문자를 보내면

살가운 훈기 속으로
어둠을 짊어지고 내린다

넋두리 밀려오는 선창
오가는 대폿잔
달아오른 양은냄비
생태탕……

비틀거리는 막차의 점멸이
부대낄 쯤
만남은 또 한 번의 길
서두르는
버스의 차창 속으로 멀어진다.

못다한 이별

먼 산정에
이슬비 주저앉은 날
주홍색 커텐을 걷으면
지워진 유월이 업혀온다
싱싱했던 여름날
연못 속에 비춰진 얼굴
하얀 웃음 날리며
눈썹 털어
강으로 돛을 펼친
바람의 자락은
희미한 목소리만 남아
물안개로 흩어지니
날개 던져버린 새
허공에 매달려 손만 흔드네.

제2부

한 방울 물이 되어

아귀

－바다. 1

허풍의 지느러미는
색맹의 그물이 되어
구름을 당기고
씹는 건 배부르지 않아
움직이는 것은 모두 삼킨다
뒤넘스런
활어의 꿈도 오만이었다
거들거리다 구경나온 세상
얼음찜질 못하고
갈라진 뱃구레 도둑맞은 보물창고
물동이 입 하늘로 벌린 채
물꿩이 되어
지친 영혼들과
노다지 잔에
밍크고래를 부어 마시며
고추 가루 입고
세상살이 매운맛 함께 나눈다.

지우지 못한 미소

— 바다. 2

흔들며 부서지는 소태가슴
술렁거리는 얼굴
묻혀있던 그리움이 솟아나고
울며 온 거품들은
하나씩 별들을 끌어 내린다

속수무책

귓전에는
소금 익는 비린내만
쉼없이 타닥거리고

돌아 갈 길 부끄러운
쪼개진 기억들이
멀미로 손을 저어니

기울면서

더 밝은 달빛의 아득함은
새벽이 지워가는 것들을
안개로 덮어 놓고 가네.

소래포구

― 바다. 3

새벽을 훔쳐간 썰물의 발자국
해무가 걷어낸 햇살이 눈뜨면
부리부리한 손가락들이
바다를 적어놓은 이름표에는
펄떡이던 생명의 비늘이 낭자하다
쉰 목소리
들썩거리는 난전
혓바닥 담금질에 멀미하는 물고기들
소주의 사치에 비린내가 흥청거릴 쯤
비웠던 갯벌은
또 한 번
할딱거리는 땀을 쏟으러 온다
물길은 억척에 떠밀려
제집으로 기어들어
파시를 알리는 갈매기들의 막간
군무로 어우르고
철사줄에 코를 꿴 붕장어

포구가 주저앉는 시간까지
만선을 실어 온 사나이들의
갈증을 참아내고 있다.

그리운 청사포

― 바다. 4

밤이면
물살에 허우적거리는
달맞이 고개
잊지 않고 찾아오리라
약속 벗어놓고 떠난 포구

섧게 부딪친 파도
낮게 엎드리면
여유의 두려움에
옛날은
해안선에 등을 대고
잡은 손마저 놓아버린다

아슴푸레
그리움 파랗게 타오르던
목로집 십구공탄
쥐노래미 익어가는 비린내

막차의 경적에
탁 탁 탁 소금만 튄다.

* 청사포: 부산 해운대와 송정 사이에 있는 포구

수채화

- 바다. 5

남해바다 출렁거리는
향수 묻은 도화지에
수평선 멀어 보이는
와우산* 절경을 그려놓고

덧씌운 하얀 물감
여백의 돌 틈 사이로
동백꽃 한 송이
곱게 피우면

펄떡거리는 도다리가
봄을 싣고 돌아올까
너나들이**
손 놓아 버린
그리움도 만날 수 있을까

언제나 안기고 싶은

어머니의 품속 같은
풍경.

임종 臨終

산에 드는 길에도
꽃을 피우고 싶었을까
여덟 남매
탯줄을 묻은 가슴에
홍매화처럼 번진 물집들이
입과 눈을 삼키던 날
실낱같은
인연의 끈
목 놓아 불러도
하늘은
엉그름진 손바닥에
틀니를 내려놓고 말았다
이생이 허락했던
천륜의 한계
박동의 걸음은
모니터의 생명줄을 당기며 온다
쿵쾅, 쿵쾅, 쿵쾅, 쿵쾅, 쿵쾅, 쿵……

정지된 화면
어머니.

성격 차이

빨랫말미*

모난 돌이
구르는 돌을 바라보며
개천이 둥글지 않느냐고
물어 본다

엿듣고 있던 박힌 돌이
못들은 척
딴전을 피우는 사이

구르던 돌이
박힌 돌을 가리키며
물속이 흐려
앞이 잘 보이지 않으니

모난 돌에게

되물어
보라고 한다.

* 장마 통에 날이 잠깐 들어서 옷을 빨아 말릴만한 겨를

장날

보따리, 보따리
정겨움 들이
땀을 내려놓고 앉는다

차선을 잃어버린
버스 정류장에는
반가운 이웃들이 눈을 맞 대고
시끌벅적
억척의 늪을 질퍽거린다

후미진 골목
햇살 훔칫거리는 곳
엄마의 하품이
하얗게 반짝거릴 쯤

저 무는 하루는
닷새의 기다림을

덮어놓고 떠난다.

1월

앉아있는 용기는
멀리 보는 깨우침이 없어
서둘러 떠나면
그때가 반이요
그날이요
그곳일 것,
어둠과 맞서있는
독재의 겨울에도
가지는 바람을 흔들며
초록을 깨우고
망설임은
작은 씨앗마저도
하찮은 갈피에 묻어버릴 것,
헛디뎌 비틀거릴지라도
시작의 얼음은
두려움을 질러가고
작심 삼 일을 날려버릴

이룸의 길로 이어지리라.

기일 忌日
− 어머니

가을비 이고
저벅거리는
버선발

붉은 볼들이
흐느낌으로
밝히는 밤

먼 이름으로 오시는
그득한 침향沈香

무릎 꿇고
하얀 고무신 놓아

그리움의 강
배무이가 되어
물길 모은다.

손국수

홍두깨에 눌린 가난이
끼니를 베고 눕는다
디딜방아처럼 내려서는
수직의 몸부림

부뚜막에 옹기종기
두리번거리는 허기
멸치떼 소용돌이치는 바다
그물 당기는 신음

얼마를 노 저어 가야
바람 자는 포구에
닻을 내릴 수 있을까
부르튼 손 엄마손.

한 방울 물이 되어

마실 수 있다면
어떤
그릇이어도 괜찮을
생명의 원천으로

스며들 수 있다면
샘으로 솟아
수평을 이루고

낮은 곳
낮은 곳으로
소리 없이
흘러가고 싶다.

불면不眠

잠들지 못하는 새는
눈으로 날아날아
깃털에 소리를 감춘다

무뎌진 부리로는
적막의 두려움을
더 이상
떨칠 수 없어서일까

불꺼진 세계
짓무른 망막 속에서
허공을 오르내리며
오르내리며

새벽을 기다리는
한 마리
새가 되었네.

단기 4310년 1월 24일의 일기

욕창褥瘡으로
살점을 녹인 구들장이
땀으로, 땀으로
신음을 받아 모으고
쇳소리 카랑카랑한
장도리 같았던 목소리는
걸어 올리지 못하는
지푸라기 숨으로
하늘 문을 떠받치고 있는데
한 장의 역사를 넘기려
감은 듯이 뜨이고
뜬 듯이 감기는 눈
무엇을
더 비우고 떠나야할까
이름도
내려놓고 말았다
아버지.

추상

— 아버지

살을 에는 바람
정월 바다에
출렁거리고 있네

장엄한 여명이었다가는
걸음걸음
고운 달빛으로
다가오는

반닫이 속
영원히
살아 숨쉬는
핫바지 저고리
한 벌.

제3부

고향집 배롱나무

나의 시월

잎 잎에
마법 수놓은
시월은
스러지는 몸살로 들어서서

어디론가
떠나보고 싶은 마음
혼자뿐이랴

초록의 내력보다
추락이 아름다웠을까
굴참나무
잎 하나 주워
여름을 들여다보고 있네.

시월의 서정抒情

쓰렁쓰렁
속삭거리던 강물이
구름을 껴안고
사랑 간절했던 날
찾아가 보았으면 좋겠네

긴 그리움
산그늘에 붙잡아 놓고
머리 풀어 춤추는
억새의 마음을 열어보고 싶어라

이별을 예감한 얼룩들의 서걱거림

색칠하는 붓끝의 떨림을
뿌리는 흙속에서 보았을까

조바심은

웅얼거리며 길을 알리고
남녘으로 번지는
절정의 파도

손짓만 남겨놓고
시월의 서정은 내 몸을 태운다.

솔 숲에 가면

적막을
부둥켜안은
아버지의 어깻죽지가 보인다

그림자로 서 있어
홀로 무뎌진 서슬
부르튼 손바닥으로
내몰린 고독을 비비고

온몸으로 막아선 바람
흔들릴수록
깊어지는 뿌리

귀 울음 속엔

옹두리 삭히는
흥얼거림이 들린다.

봄이 오는 소리

바람이
옷깃을 세우고
멈칫 거리는 모습이
살갑다

겨우내
칭얼거렸던 졸가리
눈물을 훔치고 집적거리니
소리로 두드려
색깔로 열리는 문

귀 기울임으로
다가서는 걸음걸음

기다림은
초록으로 숨쉬며
도타운 햇볕을
실어 나른다.

겨울 햇살

양철 지붕의 서리가
날을 벼리고 있어도
언제나 너는
발가벗은 몸이었고
얇은 어깨로
집을 나서는
먼발치까지 따라와
말없이
고운 손 흔들어주는
아내의
포근한 눈길이구나.

봄볕

산과 들
살 오르니
주저 없는 몰입으로 와서

이곳저곳
꽃 진자리 기웃거리다

새물내에
들키면

게으른 춘설
지름길 일러주고

숨찬 대지
모개로 싹틔우는
애정

해맑간
미소로 번진다.

찔레꽃

볕살이 풀린
고향의 언덕

애옥살이*
손사래 치는
배고픈 꽃이여

풋머리
가시 벗긴 순
빠끔히 내려다보는
누이의 영혼

망설이다
헤어져버린
슬퍼서 아름다운
눈망울.

* 가난에 쪼들리며 사는 살림살이

청개구리. 2

콩깍지
젖무덤 속
술 잠에 들었다가

서리꽃으로 지새운 겨울

살아남아 있었음이
서럽고 서러워

낮은 곳
홑이불 개며
음지 더듬는 눈꺼풀

덤불 속
햇살 이고 오는 경칩은
어디서 머뭇거리고 있을까.

더덕 꽃

고개 숙인 얼굴
올려다보지 못하고
헨 별 초롱초롱
어깨 짚고 헤매다

서늘바람에 타버린
꽃부리

숨어있던 산은
절정을 담으려
캔버스를 일으켜 세우니

뿌리의 사포닌 속에
묻어둬야 할 덤불의 약속
아쉬운 손을 놓는다.

백목련

하얀 목필
손톱 끝에 숨긴
사연

허공을 이고
잘 가라 흔들던
손

서러우면 꽃 피우리
사월을 부르던
누이의 통곡

나비 되어
뚝뚝
눈물로 떨어지고

바람난

봄
입 맞추다 들킨 자리
연둣빛 멍으로
사그라진다.

아카시아 꽃

바람이 그리는
*향설香雪의 바다
꽃부리는
유혹을 드리우고 낚시중이다
주렁주렁
하얀 밀어들이
물고기가 되어
나그네의 젊음을 물고 온다

햇볕 숨어드는 방
초록 불에 타는 노랑 입술
흐드러져
멀어지는 뒷모습
옷고름 적신
오월의 이별이 숲으로 떨어진다.

* 흰 꽃을 눈에 견주어 하는 말

민들레

쪽빛 물결처럼
출렁이는
눈부심인가

그리움
두리번거리는
뿌리의 종부돋움*

설익은 봄
한 치의 키로 밝혀 든
꽃불

-기다리다 또 아득해지면

노랑멍울 송이송이
하얗게 다물어

바람에
홀연히 날려 보내리.

* 발뒤꿈치를 들고 높은 곳을 넘겨다 봄

설봉산 연가. 2

드림줄 당겨
만추를
굽어보니

어우러져 흩날리는
갈채

숨어드는 햇살
설봉호는 드맑고

솔바람
나래 모으는
삼형제 바위

푹석푹석 벗겨지는
입동 속으로

흔적이 서러운
풀섶이
삭아간다.

눈 꽃

이파리, 이파리
아름다우면 떨쳐버리던
비움이 아파서
멧돼지 닮은 바위와
헉헉 소리 미끄러지는 산비탈
우듬지에 내리고 싶다
뿌리에 얼굴을 감춘 나무는
발가벗은 눈으로
바람을 마주하며 속삭이고
땅속의
약속을 견디며 기다리는데
잿빛하늘
함박눈 송이송이 내려오는 날
외로움 포개어 피었다가
느슨해진 겨울 틈 사이로
어슴푸레 여명이 찾아들면
이별의 눈물방울 되어도 좋고

금방

날아가도 괜찮을 하얀 나비였으면……

고향집 배롱나무

희미해진 모습
번갈아 꽃 피우는
붉은 그리움
갈매기 날갯짓마저
흔들어 주던
너의 손으로 아른거린다
돌아갈 수 없어
담 벼랑에 걸어둔 세월
가난해도
나눌 것이 많았던 우정
눈 속에 있을 땐
아프지 않았던 허물
하찮은 바람이
물길을 돌려놓은 항구
붓끝이 되어
바다를 하얗게 칠하고 싶다.

제4부

느 개

개나리 울타리

― 단드레 마을. 21

기억으로 피운
사월의 아픔

바람만 탓하다
지워질 향수

종소리
쟁쟁쟁
소분만 실어 왔는데

햇살 한가로이
돌아서는 마당

목련은 으스대고
홍매화만 톡톡톡

게이트 볼
 － 단드레 마을. 22

홑짝으로 갈라 선
홍백의 황혼
노을빛
짙어지고 나서는 마당

하루를 내려놓기 위함은

좁은 문 속으로
눈동자를 굴린다

속절없이 흔들거리는
굽은 그림자
선택의 찰나는
백발이어도 두근거려
마음만 앞질러가고

비뚤어진 스틱의 과녁은

쓴웃음만 던져놓고
전장을 돌려 세우네.

봄눈 내리는 날

- 단드레 마을. 23

종잇장이 되어
풍경을 그리고 싶다
하얀

허기진 가지
붓끝에 피운 꽃

꽃샘바람 앓는
노란 두통

놀라 일어서는
지평선

햇살 달려와 녹인 자리
연둣빛
물감이 되어
세상을 칠하고 싶다.

기다림. 2
- 단드레 마을. 24

땅거미가
고요마저 삼키면

창가로
두리번거리는 눈

오일장
바리바리 짊어진
택시

후두두
신발 벗는 브레이크

자갈 깔린 마당
자박자박
다가오는
아내의 발걸음 소리.

녹두골*의 아침
− 단드레 마을. 25

"따끈따끈한 순두부"
"아줌마 두부"

희부연
새벽밀치며
적막을 깨우는 소리

소음만 내려놓고
돌아선 골목

귀썰미에 남아있는
목메인 하늘

질러온 햇살이
가지마다 안녕을 물어오면

속닥속닥

마른 잎 밟고 가는 바람
그리움만 아프다.

만추晚秋

－단드레 마을. 26

한 뼘의 귓문을
달빛에 열어놓고 누우니

산과 들은
추억을 떠밀고 오는데

불면의 가지 끝
눈부신 한때를 기웃거렸던
아리따운 기억들

툭 툭 툭
섧게 날려 보내려해도
아득하여
쉽게 떠나지 않는 얼굴들

서릿바람은
애틋함만

하얗게 내려놓고
왔던 길 되돌아가네.

가을걷이

- 단드레 마을. 27

금빛 그물 당기며
수확에 취한 농심
어둠 실어온 경운기들이
하나 둘
길섶에 허리를 내리면
들판이 익힌 구리 빛들은
달아오른 흥거움으로
바람의 냄새를 맞는다
여유로움에 옷 벗은 밥상
늘어진 어께 너머로
적막이
원통산을 내려설 무렵
봉창에는 도란도란
곳간의 소식들이
새어 나온다.

가을의 편지
− 단드레 마을. 28

낫을 든 햇살
안개 걷어 올리는 소리

들판의 숙덕거림은
허공을 버티고
뒷목만 뻐근하다

비워가는 산
감추어둔 숲 띄우는
굴참나무 편지

바람이
주소를 찾아
길을 재촉하면

맑아진 하늘은
아리는 사연을
훔쳐 읽는다.

왕기의 대폿잔

― 단드레 마을. 29

왕기의 대폿잔 속으로
누런 기찻길을 따라가면
고무신 속에
미꾸라지를 가두었던 웅덩이가 있다

왕기의 대폿잔 속에는
허기진 파도가 밀려오고
갯바람에
여인의 머리카락이 흩날린다

왕기의 대폿잔 속에는
젊음이 오르던
그리움의 고갯마루
허물이 쉬었다간 그늘이 보인다

또 한잔
낭만을 마시면

추락하던 詩가 날개를 멈추고
처진 어께가 들썩거린다
도시의 아우성이 사라진다.

빈집. 2
- 단드레 마을. 30

도시로 떠난 발걸음
전설 묻힌 와의*
끊어진 사슬이었네

엉그름 발바닥
선반에 얹힌
먹 고무신 한 켤레
긴 그리움이었네

휘묻이로 엉킨 울타리
부뚜막에 매달린 초롱
벙어리 가슴이 되어

새벽이면 정안수
사랑이었네
목숨이었네.

* 기왓장 위에 끼는 이끼

폭설이 내리는 날의 풍경

― 단드레 마을. 31

신년하례차 다녀간 작은딸

자갈마당 훑고 간 헛바퀴 자국

조바심은

꼬리를 구름 속에 감춘 듯

외손녀의 눈웃음이 나비로 날아다니고

야단법석이 머물다간 집

소록소록 더미 속에 정적만 쌓이는데

현해탄 넘어온 아들의 목소리

고립의 문을 열어젖히면

마주한 사십년

한 겹 더 얇아진 주름

차 한 잔의 입김으로

민망스러운 눈길이 빗겨 서고

하얗게 서서 우는 하늘

굶주린 날개들의 웅성거림이 들린다

외로움 펼쳐놓은 보시

처마밑 광주리에 텃새들을 초대했다

참새, 박새, 멧새, 곤줄박이, 굴뚝새, 후투티…
쉼 없는 감사의 날갯짓
유리창 풍경화 속엔
먹다 남은 빵조각이 대롱대롱 그네를 탄다.

김장
- 단드레 마을. 32

떡잎에 그린
딸들의 얼굴

그리움 절여
어미의
체온 나누고

귓불 아리는 바람
사립문 없는 이웃들이
품앗이로 끄집어내는
온윤溫潤*

수몰되는 나이의
더께

휘어진
아내의 등너머로

쓰라리게 한 해가
저물어간다.

* 마음씨가 따뜻하고 인정미가 있음

고추밭

― 단드레 마을. 33

뱀허리 이랑
하얗게 떨어진 꽃잎

아낙의 관절은
신음으로, 신음으로

아삭아삭
땀방울 베어무는 오시午時의 밥상
얼얼한 입김은
바람으로 일고

불볕으로 태우는 정열
옹기 속 삼동
물들일 날을 위해
정겨움으로 익는다.

감나무에는

- 단드레 마을. 34

감나무에는
내 유년의 어머니가 있다
까칠한 얼굴
납작보리 입술이 말라있고
비늘손 다독거리며
자장가 들려주신다
늘어진 어깨
등불로 익는 젖멍울
떫은 세상 모질게 살아
하나 남은 홍시가
계절을 유혹하면
밤바람은
질투의 서리마져
내려놓고 가겠지.

는개

- 단드레 마을. 35

볼 것이 너무 많아
길을 재촉하는
봄비

산 너머
초록별들이
지천으로 반짝거리니
목마른 가지
수액으로 젖는다

잎잎이 실눈으로 바쁜 날
싹 틔우는 배냇짓
옹알이로 보채는 재채기 소리
사월은
듣는 둥 마는 둥

천방지축 뛰어다니는

바람의
편지
꽃소식은
보통우편으로 온다고.

제5부

저무는 가을 강

파도

쏴-아하며
스며오는
아기의 숨소리는
모래톱 젖무덤에 얼굴을 묻어놓고
어머니
자장가 되어 새근새근 잠드는데

부딪치면
울고 마는
물꽃의 아픈 이랑
마당여 소용돌이 떨어진 비늘들은
달빛에
길 열어주는 망망한 이별이네.

회 향 懷 鄕. 1

－을숙도

목메인
서녘하늘
붉게 물든 산마루에
을숙도*
강바람이
어둠을 실어오면
하구언**
지르고 가는
산그늘이 분주하고

고향집
굴뚝에서
피워 올린 연기 따라
묻어놓은
부끄러움
흩어지는 하늘에는
아련히

건들거리는
소시-쩍이 아리다.

회향 懷 鄕. 2

－동해 남부선

느림을
밀고있는
덜컹대는 옆구리에
바다를
끌고가는
삼 삼등 완행열차
해안선
철조망 따라
풍경이 앞서 가고

잠 설친
수학여행
불국사 가는 길에
활짝 웃고
반겨주던
간이역 코스모스
지금은

누구를 반겨
손 흔들고 있을까.

회향 懷 鄉. 3

ㅡ 오륙도

밀물의
애절함이
그리움 싣고 와서
흠모한
우삭도에*
둘인 듯이 솟아올라
물속에
써놓은 약속
지워질까 두려운데

썰물의
소갈머리
물길을 흔들면
달빛에
홀로 되어
부릅뜬 눈망울은
해운대

잠 못 이루는
불빛들만 가득하다.

* 육지에서 제일 가까이 있는 오륙도의 섬으로, 밀물에는 솔 섬과 방패 섬
  으로 두 개의 섬이 되었다가 썰물에는 하나로 되는 섬

회향 懷鄕. 4

─ 안창 마을*

빛바랜
사진 속에
들려오는 목소리
올망졸망
다랑이 논
가을이 익어 가면
아버지
새 쫓는 소리
지금도 들리는 듯

벼랑 끝
아픔들이
줄지어 선 산복도로
어둠이
흘려놓은
얼룩진 숨소리들

깊어도
잠들지 못하는
항구의 마지막 풍경.

* 부산광역시 동구 범일동에 소재한 마을

회향 懷鄕. 5

- 학교 가던 길

아파트
벽에 갇힌
내가 다닌 국민학교
산 능성이 지름길은
등기부가 막아놓아
풋풋한
친구들 모습
찾을 길이 묘연한데

왼쪽 가슴
노란 리본
코 흘리게 손수건
말라붙은 기찻길
부끄러운 그 시절이
어느 덧
꿈길이 되어
백발만 성성하네.

수련

자배기
우주 속에
뿌리로 두 손 빌어

밤새워
품은 고뇌
씻은 듯 띄워놓고

한낮에
청순한 자태
활짝 피운 매무새.

꿈 속에

강물로
흘러가는
고향은 아득한데
유년의
별이 되어 사립문을 서성이면
아버지
헛기침소리 댓가지만 흔들리고

평상에
옹기종기
달빛을 덮고 누워
메케한
모깃불로 잠재우던 다섯 남매
어머니
손가락마다 시장기만 아려오네

삼동네

눈치 보던
휘파람 간절하여
옆집누이
걸음걸음 수줍고 두려운데
방시레
집적거리는 구름속의 반쪽 달.

억새풀

1.
갈바람이 아니라면
저리도 처연할까

사연을
알 길 없는
아득한 풍문들이

은백색
머리채 풀어
흐느끼는 산등성이.

2.
애타게 기다리다
고개 숙인 상념일까

유년의
소풍 길에
어깨동무 사진 한 장

아직도
나붓거리는
화왕산의 하얀 웃음.

거무는 가을 강

강 언덕
색칠하던
찬란한 물감들이
여인네
손길 같은
갈대숲에 다다르니
붓꺾어
키를 낮추고
바람 아래 눕는다.

쇠락衰落을
귀띔하는
비바람이 스쳐가니
붉디붉은
물결 위에
내려앉은 윤회輪廻들이

바다로
떠내려가는
빈 가슴이 아련하다.

아내

나긋나긋
쓰 내려간
분홍색 편지 속에

댕기머리
눈웃음이
택-씨를 부르면서

봄날의
속삭임처럼
다가오던 시절

누렇게
변해버린
결혼식 사진 속에

세월만
새겨놓고
지워버린 이름

덧없이
흘러가버린
강물처럼 말이 없다.

장마. 1

선채로
흐느끼는
외로움 그지없어
갈대를
흔들고픈 구름의 심술일까
장대비
훑고 간 둔치 명개만* 겹겹인데

지리한
술래잡기
쏙 내민 햇살들은
일주일
삶을 위한 매미들의 촛불일까
여우비
들락거리는 가지 끝에 걸려있네.

* 갯가나 흙탕물이 지나간 자리에 앉은 검고 보드라운 흙

장마. 2

달포를
오락가락 모여든 길손들이
낮은 곳
굽어 돌아 바다에 다다르면
파아란 물 섬이 되어
여름날로 철석이네.

노을. 1

술 취한
그리움이
흥건하게 젖어들면

아름다운
하루를
스스로 벗어놓고

어둠속
낮은 곳으로
숨어드는 나그네.

노을. 2

밤새워
삼킨 별을

바다에
토해놓고

산통의
선혈鮮血자국

빛으로
씻어내며

우주를
부둥켜안은

어머니의
넓은 가슴.

고추

거북등 이마에는
삼복이 길을 물어

빨갛게 익어가는
엄마의 가슴에는

새색시
까마득한 날
바람으로 날리네.

비개인 설봉산

넋 잃은 작달비*가
춤추며 다녀간 뒤
상처난 여울목에 놀라 우는 새소리는
맑아서
카랑카랑한
물소리에 잠기고

넓어진 숲에 이는
긴소매 입은 바람
그리고 색칠하며 풍경을 물어오니
나무는
저처럼 서서
흔들리며 살라하네

내일을 이고 지고
꼬리 문 행렬들은
희망봉 하늘높이 파랑새를 쫓아서

흐르는
땀방울 닦아
파이팅을 노래한다.

* 굵직하고 거세게 퍼붓는 비

빈 들녘

졸고있는
허수아비
늘어진 어깨 위에

참새 떼
옹기종기
서녘하늘 바라보니

불켜진 가을산자락
노을 길에 눈이 멀다.

앵두. 1

스무 살
볼우물에
상그레 익는 미소
달콤한
입맞춤을
날마다 뽐내다가
제몫에
알았나보다
새콤해진 햇살을.

앵두. 2

꽃나이 숨긴 얼굴
빨갛게
달아올라

유월이 익어가는
불켜진
울 너머에

설렘에 새살거리는
가랑머리
눈웃음.

정갈함 그리고 순수의 변증법

─ 임규택 제2시집

채수영(시인. 문학비평가)

1. 시와 일이관지─以貫之

열심히 사는 사람과 시는 서로 상관을 갖는 것은 아니다. 게을러도 좋은 시를 쓸 수 있고 또 열심히 시를 쓴다 해도 '좋은 시'의 생산은 약속된 것은 아닐 것이라는 이유때문이다. 그러나 땀흘리면서 사는 사람의 경우 좋은 결과물을 낳을 수 있는 여지는 충분할 것이다. 왜냐하면 하나로 모두를 파악할 수 있는─ 일이관지─ 시와 사는 일은 항상 같은 목록 앞에 자신을 보여주는 이름이기 때문이다. 다시 말해서 시인은 곧 일상을 살아가는 생활인이면서 예지의 노래 혹은 신산辛酸한 고통에서도 가장 생생한 삶의 노래를 부르는 사람이다. 이 경우 I.A.Rhicards는 시와 신념의 일체성을 말한바 있다. 다시 말해서 시인

은 도처춘풍到處春風을 노래하는 사람이 아니라 올곧은
신념이나 뜻을 자기의 시 속에 용해하여 의지를 독자에
게 보여주는 혹은 들려줌으로써 만족滿足을 얻는 사람이
다. 그러나 시인은 언제나 갈증을 유발하면서 시를 찾아
나서는 길을 만들게 된다. 그러나 항상 만족 앞에 서지 못
하고 기갈飢渴을 채우기 위해 나그네의 운명을 버리지 못
할 때, 시인의 길은 고달픈 여정을 소화하게 된다. 이 경
우 시는 결코 불행한 것은 아니라는 이유－미감과 순수
를 찾아나서는 일이야 말로 의미있고 행복한 여행이라는
결과 앞에 시인의 길은 찬사가 따라올 수도 있다.

　임규택 시인의 두 번째 시집은 첫 번째 시집과는 달리
성숙의 농도가 깊고 넓이를 가졌다는 인상이 유다르다.
다시 말해서 시야의 확보－사물을 바라보는 통찰의 결과
가 원숙해졌고 사물의 이면을 발굴하는 날카로움이 예전
과는 판이하다. 아울러 이미지의 포착과 상징으로 감싸
는 비유의 생생함이 살이 쪄있다. 이런 언어감각은 시인
의 주요한 무기로 치부할 수 있을 것이다. 왜냐하면 시인
은 언어로 생명을 불어넣을 뿐만 아니라 언어로 사물을
살아나게 하는 물활의 경지를 개척하는 사람이기 때문이
다. 물론 의식의 깊이와 넓이가 확충했을 때, 담겨진 내용
의 밀도를 생각하게 된다. 이제 의식의 좌판에 진열된 상

품을 검수하면서 그 원인에 따른 맛을 이해하는 길로 들어간다.

2. 의식과 표정

1) 창窓의식

인간의 의식은 항상 창문을 마련하는 심성이 있다. 무언가 보이는 것에 대한 열망은 미지未知를 동경하는 생각이면서 어딘가 새로운 영지領地를 찾아나서는 눈을 두리번거리기 때문이다. 임규택의 경우는 안으로 바라보는 의식과 또 밖으로 지향하는 두 가지의 구분이 가능하다. 이런 현상은 이제 나이의 높이－60을 넘어 노년이라는 사고가 지배하고 또 육신의 징후가 던져주는 현상일 수도 있을 것이다. 다시 말해서 정신과 육체적인 신호가 과거지향過去指向으로 흐르는 경향을 맞이하는 데서 시의 표정은 자연 회고回顧 혹은 되돌아보는 이미지가 왕성해질 수 있다. <마음은 수리 중>과 <창밖의 표정>은 외부로 지향하는 창문의식의 시라면 <시인의 겨울 시계>나 <잃어버린 머플러>는 안으로 의식의 창문을 열고 대화를 나누는 시가 된다.

구부린 날개들이
겨울을 벗어놓은
원통산은
악기들로 몸살을 앓고

만개를 기다리는
손톱 끝의 사랑
북녘으로 내민 봉오리, 봉오리
마당은
산란을 불러들이는
조잘거림으로 어지러운데

잔설의 얼룩
그리움 늦추고 있는
복하천은
사월의 빛을 안고
더딘 길을 헤아리며 온다

<창밖의 표정>

　시인의 의식이 외부 쪽으로 눈을 돌리고 있는 모습이
다. 북쪽으로 꽃봉오리가 향한 목련이 금시 피어날 듯 한
봄날의 풍광이 시인의 마음과 시선視線을 어지럽게 만든

다. 기실 봄은 바쁘고 또 꽃이나 풀들은 미친 듯 자기존재를 표현하기위해 순서를 기다리지 않는 것 같다. '겨울을 벗어놓고'의 시작은 이미 봄으로의 길이 열려진 나무들의 헤아림이 보일 듯 한 모습—새들은 다시 조잘거림으로 장단을 맞추는 풍경—시인은 겨우내 닫쳐진 창문을 통해 자연의 어지러운 광경을 응시하고 있다. 다시 말해서 봄이 오는 길목에서 자연과 일정한 거리距離를 유지하면서 지나온 시간과 앞으로의 시간이 교차하는 봄날의 정경에 눈을 맞추고 있음이다. 마치 자기언급의 기회를 위해 분주한 풍경과 나의 사이에 일정한 의식이 깨달음을 부추기고 있다는 뜻이다.

우주는 본질적으로 항상 관찰자를 포함하여 역동적이며 불가분의 전체全體로서 체험된다는 우주관을 엿보는 기회가 된다. 이처럼 모든 자연현상은 서로 연결고리를 형성하면서 현재가 재현되는 이치를 시인은 창을 통해 보이는 것을 안으로 불러들이는 정리를 하고 있다. 시인은 철학자는 아니더라도 철학을 수용하는 점에서 우월자의 신분을 예외로 하지 않는 진리를 엿보게 된다.

잎눈에
대롱대롱거리는

붓방아의 빈혈은
먼 기다림만 적신 채
고드름으로 흘러내릴 뿐

창밖의 한나절은
코끝을 찡긋거리는
바람소리로 요란하다

<시인의 겨울 시계>에서

겨울이 지나가는 길목에서 시인은 창문을 통해 세상과 대화를 나누는 모습이다. 물론 완전한 봄이 다가온 것이 아닌 마치 춘래불사춘春來不似春의 어정쩡한 즈음이기에 창을 통해 세상의 진행을 관조하는 모습 — 창은 그런 창구이면서 시인의 의식이 외출을 기다리는 공간으로 설정되었다.

인간의 의식은 항상 출구를 찾아 헤맨다. 다시 말해서 정지停止가 아닌 이동을 꿈꾸면서도 안주安住를 생각하는 역설이 때로는 정확한 진단이 될 수도 있다. 마음의 지향志向이 '봄을 틔우기 위하여'의 조건에 합치하기 위해 '목련의 가지 위에' 변화되는 모습이 시인의 내면으로 다가들면서도 '눈꽃'의 훼방 때문에 봄과는 다른 이방의 풍경이 시심詩心을 주저하게 만든다. 이런 경계境界는 생활에 완충緩衝 혹은 진행을 위한 예비공간으로 활용하기 때문에 기다림을 심을 수 있는 좌표로 활용된다. 즉, 시인의 의식이 외부로의 풍경과 내부로의 풍경이 교차하는 지점이 행동에의 적절함으로 의식을 조절하는 기능을 하게 된다. 결국 한 편의 시에서는 시인의 심리적인 판도를 요약할 수 있을 뿐만 아니라 미래未來로의 추이를 예상할 수 있다는 점에서 때로는 전기적일 수 있음을 느끼게 한다.

2) 고향정서

고향은 돌아가는 길에서 만나는 정서 – 부재不在의 어머니나 고향 혹은 어린 날의 친구들은 회고의 목록에 들어 있는 향수에의 이름들이다. 그렇다면 고향의 이미지가 시에 출몰하는 것은 아무래도 나이의 깊이와 비례하는 정서로 이해할 수 있을 것이다. 다시 말해서 떠나온 시간의 아득함과 비례하여 찾아가고 싶은 이름들이라는 점에서 항상 친근하고 또 다가가고 싶은 정서라는 의미이다. 심지어 고향의 나무 한 그루나 돌 하나에서도 추억을 불러오는 것들이 마음의 물기에 젖게 된다. 81편의 시집 전체 중에 <고향집 가는 길>, <고향이 보이는 창>,

<수채화>, <회향1~5>, <억새풀> 등을 합하면 10%가 넘는 수치이다. 이런 이유는 여러 원인이 내장되었을 수 있지만 돌아가는 마음이 앞장서는 생각들 — 일종의 정리 기능이고 또 정리함으로써 안도감을 가지려는 발상이 될 것이다. 수구초심首丘初心의 마음이 발동되는 것은 나이와 상관이 있는 정서라는 뜻이다.

가물거리는 너울
유년을 신고
걸음걸음이 터분하다

겨울비
오롯이 젖는 솔숲
탯줄 물고 앉은
곤줄박이

턱을 괴이면
향수에 머뭇거리던
하얀 목소리
피고개를 넘었던
육남매

덤불 속에 가려진
지움의 허락
창가엔
고향이 얼어붙는다

<고향이 보이는 창>

'가물거리는'과 '유년'의 걸음걸음들이 새들의 나래에
실려 시인의 의식 속으로 다가온다. 이런 매개체는 단절
된 것이 아니라 이어지면서 과거 지향의 정서가 되어 오
늘의 삶을 구성하는 인자因子에까지 이어질 수 있게 된다.
다시 말해서 '겨울비'와 '곤줄박이'를 통해서 향수로 머
뭇거리던 모습들 - 육남매의 추억들이 고향의 아련함을
부추기게 된다.

비는 젖어서 의식을 전달하고, 곤줄박이는 날아서 의
식을 전달한다. 이 둘의 이미지는 항상 시인의 정서 속에
서 배회하다가 어느 순간에 겉으로 나오는 속성을 가지
고 있음이다. 즉 '덤불 속에 가려진' 의식을 꺼내오는 역
할이 비와 새라는 이름들이 매신저로서의 기능이 시의
행로를 잡아주는 셈이다. 다음 시는 고향의 구체적인 현
상이 나타난다.

해거름, 산복도로 이고 뱀 허리 골목을 접어든

다. 탱자나무 울타리 따라 굴렁쇠 굴리며 동네를
내달리는 코 흘리게 머슴애, 닳은 검정고무신은
꿈을 실어 나르고 있다. 멈추라면 금방이라도 울
어버릴 것 같은 모습처럼 그렇게

…약…

아득해진 고향, 백발의 인연을 털어내고 콘크
리트 숲을 빠져나온다. 별도, 사랑도, 추억도, 온
데 간데없고 쉬어가라는 사람도 없다. 술래잡기
내 뒷모습이 흘려 놓은, 잊혀 진 날들만 무겁다.
언제 또 찾아올 수 있을까, 멀거니 바라보는 하늘,
호들갑스러운 황사바람만 불어오는데……

<고향집 나는 길>에서

　1, 3연만을 옮겼다. 1, 2연에는 추억의 모습이 오버 랩
된다면 3연은 '아득해진'고향의 모습이 쓸쓸함으로 다가
온다. 왜냐하면 현재의 모습인 '백발의 인연' 때문에 고
향의 추억들은 서러움 묻은 이름으로 돌아가는 안타까움
이 더해지기 때문이다. 더불어 검정고무신의 표상 그리
고 굴렁쇠를 굴리 던 어린 날들의 추억은 이미 과거의 이
름에 묻혔고 '언제 찾아올까'의 예상은 허무함과 무거운
정서가 낯선 나그네의 행로가 아픔으로 다가든다.

인간은 누구나 과거지향일 때는 슬픔 혹은 애수哀愁의 마음으로 돌아간다. 이는 너무 멀리 떨어진 거리에의 안타까움이고 또 돌아갈 수 없다는 단절의 사고가 앞서기 때문일 것이다. 임규택의 마음에 자리 잡은 고향의 생각은 처연凄然하고 무겁지만 칙칙하거나 엉킨 정서가 아니라 고담枯淡하고 나이브한 인상을 배가한다. 이는 절절함의 고향에 대한 향수로 볼 수 있는 부분인 것 같다.

> 밀물의
> 애절함이
> 그리움 싣고 와서
> 흠모한 우삭도에
> 둘인 듯이 솟아올라
> 물속에
> 써놓은 약속
> 지워질까 두려운데

<회향 懷鄕. 3 - 오륙도>에서

고향의 정서목록에 앞자리는 그리움일 것이다. 그만큼 절절함이 핏속에 흐르고 있을 것이기 때문이다. 부산의 기억은 우선 주변의 이름들에서 애착이 묻어난다. 오륙

도 중 육지와 가장 가까운 우삭도를 바라보고 자랐던 추억이 회고回顧의 정을 부추기면서 꿈속의 길을 달려가는 모습이 된다. 그만큼 기억 속에서 떠나지 않는 고향의 이미지가 상징의 숲을 헤치고 시의 숲으로 환치換置하는 셈이다. '지워질까 두려운데'는 고향의 추억이 사라지는 안타까움을 우회적으로 표현한 사물시physical poetry의 예민한 감수성이다.

> 펄떡거리는 도다리가
> 봄을 싣고 돌아올까
> 너나들이
> 손 놓아버린
> 그리움도 만날 수 있을까
>
> 언제나 안기고 싶은
> 어머니의 품속 같은
> 풍경

<수채화 – 바다. 5>에서

바다와 물고기는 환경이 만든 시인만의 기호嗜好일 것이라면, 이는 평생을 좌우하는 요인으로 작동된다. 즉 산

에서 자란 사람은 산나물을 좋아 하고, 바다에는 물고기
즉 생선을 앞서 생각한다. 이런 입맛은 어디에 있던 평생
을 지배하는 미각味覺의 요소로 고향의 정서와 직결된다.
봄날 도다리의 입맛에 대한 향수가 그리움으로 각인刻印
되었을 때, 비록 고향을 등지고 살더라도 돌아가고 싶은
열망의 요소가 떨어질 수없는 이름으로 의식 속에 또렷이
남게 된다. '강물로/흘러가는/고향은 아득한데/유년의/별
이 되어 사립문을 서성이면/아버지/헛기침소리 댓가지만
흔들리고' <꿈속에>처럼 고향은 시인의 정서 깊숙이 작
용함으로써 애절한 망향의 노래가 만들어진다.

3) 바다의 정

이미지의 선택은 주관적이고 자의적恣意的인 방법으로
시작하면서 신선감을 주는 방도로 사용된다. 바다의 이
미지가 많은 임규택 시의 인상은 파도와 바다 그리고 시
원한 정서가 심리적인 흔적trauma으로 작동된다. 이는 정
신적으로 친숙하고 가까운 정서 수용을 의미하면서 − 분
리되는 것이 아니라 통합된 정서로 이름을 남긴다.
   <지우지 못한 미소>, <소래포구>, <그리운 청사
포>, <고향집 배롱나무>, <파도> 등의 시는 물의 이

미지이면서 바다가 시인의 의식에 중추적인 요소로 출렁인다. 이는 고향의 정서와 동일한 수준의 이미지로 작동되는 점에서 임규택의 의식을 말하는 중요 근거가 된다. 다시 말하면 물의 이미지이면서 시인의 시적 의도를 전달하고 이동하는 매개체의 역할을 수행하는 기능을 부여받을 뿐만 아니라 시적 특질로 포장되는 도구가 되기도 한다.

쏴-아하며
스며오는
아기의 숨소리는
모래톱 젖무덤에 얼굴을 묻어놓고
어머니
자장가 되어 새근새근 잠드는데

부딪치면
울고 마는
물꽃의 아픈 이랑
마당여 소용돌이 떨어진 비늘들은
달빛에
길 열어주는 망망한 이별이네

<파도>

시인은 파도소리에 잠이 들고 바다에서 어린 날들의 푸른 꿈을 키웠으면서, 살아가는 방법 또한 익혔을 것이다. 다시 말해서 물과 연관된 삶의 이력은 곧 소통 혹은 이동의 생존방법이 터득되었을 것이다. 다시 말해서 겉으로 드러나는 것이 아니라 내면에서 솟구치는 삶의 에너지가 바다와 연관을 갖는 의식을 소유한 원인─산골의 정서가 아니라 이동하고 솟아오르는 동적動的인 다이내믹의 성품을 갖게 되는 바, ─환경이라는 요소와 밀접할 수 있을 것이라는 점이다. 가령 대륙기질과 해양기질로 인간을 구분한다면 임규택은 후자─정서의 특징이 바다 환경과 연결되는 이유가 발견된다. '아기의 숨소리' 나 '자장가가 되어'나 '부딪치면/울고 마는/아픈 이랑' 등의 시적 표현은 바다의 기억과 더불어 이젠 돌아갈 수없는 슬픔의 정서가 '망망한 이별이네'의 탄식으로 마감된다. 이는 임규택의 내면정서의 솔직한 심정을 표현한 시어로서의 증거가 된다. 바다는 그만큼 절대요소로 작동되는 이유에서 이다. <바다의 연작시1~5>나 <파도>에 들어있는 시심詩心의 향배는 이동移動 그리고 역동성을 말하는 시인의 담담한 표정을 설명하는 시들이다.

바다는 추억 한 다발의 기억을 불러온다.

아슴프레
그리움 파랗게 타오르던
목로집 십구공탄
쥐노래미 익어가는 비린내
막차의 경적에
탁 탁 탁 소금만 탄다

<그리운 청사포 − 바다. 4>에서

청사포는 해운대 근처라는 부기附記로 알 수 있듯, 젊은 날이거나 어린 날의 기억이 솟아오는 회로가 점검된다. 이는 파랗게 타오르던 목롯집 구공탄의 불빛 속에서 추억의 뱃길로 떠나는 여행이기 때문이다. 술안주로 쥐노래미를 굽던 연기와 와자한 말소리 그리고 파도의 바닷소리가 어울려 흥청거리는 풍경이 연출된다. 이 정경을 잊지 못하는 마음에는 연기처럼 피어오르는 지난날의 그리움이 안타까움으로 변할 때, '탁 탁 탁 소금만 튄다'로 시인의 마음을 대변하는 의성어가 그리움과 연결된다.

<소래포구>에서 싱싱한 추억을 건져 올리기도 하고, '돌아갈 길 부끄러운/쪼개진 기억들이/멀미로 손을 저으니' <지우지 못한 미소> 등은 추억 앞에 가로놓인 돌아

갈 수 없음의 애잔한 정서가 시인의 내면을 나타내는 표
정 - '쪼개진 기억'과 '멀미'의 현실이 서러이 가로눕는
다.

4) 계절감각

인간은 누구나 좋아하는 계절이 있다. 이는 생래적인
연관일 수도 있고 특정한 기호嗜好의 이유가 될 수도 있
다. 특히 작품 속에 자주 등장하는 계절이나 시어詩語에
는 시인만의 정신적인 스토리가 내장되었음을 알게 되는
경우가 시어의 빈도頻度로 말하기 때문이다. 가을이나 겨
울의 시가 없는 바는 아니지만 압도적으로 많은 봄의 정
서가 시에 스며있는 이유는 아무래도 시정의 흥취를 봄
풍경에서 받아오는 것으로 유추할 수 있을 것 같다. <봄
볕>, <청개구리1.2>, <백목련>, <개나리울타리>,
<봄눈 내리는 날>, <민들레>, <아카시아 꽃>, <봄
이 오는 소리> 등 시인의 마음을 일깨우는 역할이 봄날
의 시심詩心을 부추기는 인상이 흐벅하다.

바람이
옷깃을 세우고
멈칫거리는 모습이

살갑다

겨우내
칭얼거렸던 졸가리
눈물을 훔치고 집적거리니
소리로 두드려
색깔로 열리는 문

귀 기울임으로
다가서는 걸음걸음

기다림은
초록으로 숨쉬며
도타운 햇볕을
실어 나른다

<봄이 오는 소리>

　소리로 계절의 감각을 살리는 시이다. 물론 바람을 통
해서 봄의 기운을 느끼는 일이지만 '소리'로 조화의 세계
를 만나는 만파식적萬波息笛의 예지叡智는 시인에게는 특
별한 영감의 작용이 될 수 있을 것이라는 추측이 가능해
진다. 왜냐하면 시인은 범인凡人보다 민감한 우주의 숨소

리를 감득感得하는 특별한 가락의 소유자이기 때문이다.
시인은 소리로 색깔을 알게 되고 다시 귀를 세우면서 걸
음걸음에 초록의 존재를 파악하는 장면을 맞아들인다.
이런 이유는 뭔가 변화를 기다리는 풍경의 만남을 위한
전제가 '초록으로 숨쉬며/도타운 햇볕을/실어 나른다'의
초록과 햇볕의 연출을 만나기위한 정서 — 따스한 세상을
염원하는 일이 시인의 마음으로 보인다. 시는 소망이고
희망이며 자기 호소의 이유도 내포하기 때문이다. 임규
택에 봄은 그런 내면정서가 어우러진 조화의 무대라는
뜻이다.

　　산과 들
　　살 오르니
　　주저 없는 몰입으로 와서

　　이곳저곳
　　꽃 진자리 기웃거리다

　　새물내에
　　들키면

　　게으른 춘설

지름길 일러주고

숨찬 대지
모개로 싹틔우는
애정

해말간
미소로 번진다

<봄볕>

봄이 대지를 깨우는 역할이라면 이는 햇볕으로 시작된
다. 모든 생물들이 숨 쉬는 것과 동시에 햇볕은 자양滋養
을 나누어주고 숨을 불어넣어주는 모성애를 발휘하는 것
과 같기 때문이다. 아울러 '게으른 춘설'에게 지름길로
돌아가는 친절은 시인에게 봄의 간절한 기다림을 우회적
으로 나타낸 재촉의 의미처럼, 봄은 '애정'과 '미소'를 햇
볕으로 상징하는 뜻이 시인의 마음을 나타내는 비유로
다가든다. 이는 기다림이고 희망이며 꿈을 만드는 햇볕
따스한 봄이 저지르는 구체적인 암시로 보인다.

5) 정감

시를 쓰는 일은 자기감정을 직접적인 표백으로가 아닌 우회적인 방법이다. 다시 말해서 상징이나 비유의 옷을 입혀서 시인의 뜻을 혹은 주장을 나타내는 방법이라는 점에서 시는 곧 시인 자신으로 돌아가는 뜻에 모순이 없다면, 임규택의 시는 나이브하고 살갑고 따스함을 특징으로 한다. 이는 대인관계의 현실로 나타날 수도 있고, 삶에서 신념으로 행동양식의 특징을 이룩할 수도 있다. 이런 정감들이 모여서 한 인간의 특성을 요약하는 말로도 돌릴 수 있을 것이다. 그렇다고 강단剛斷이 없는 것이 아니라 맺고 끊음이 분명한 시적 특징도 담겨진 향기를 우정에서 발견하게 된다.

마실 수 있다면
어떤
그릇이어도 괜찮을
생명의 원천으로

스며들 수 있다면
샘으로 솟아
수평을 이루고

낮은 곳
낮은 곳으로
소리 없이
흘러가고 싶다

<한 방울 물이 되어>

아마도 시인의 성품을 나타내는 시로 보인다. 네모 그릇에는 네모가 담겨지고 원圓의 그릇에는 원이 되는 것처럼 그릇의 변형은 대인관계의 강단과 원만을 의미하고 베푸는 자로서의 의미가 승勝해진다. 이는 '수평을 이루고'에서 균형감각의 정상성과 스스로 겸손을 다짐하는 일이 낮은 곳으로의 지향에는 노자老子의 상선약수上善若水의 예 ― 물은 거스르는 것이 아니라 아래로 아래로 자리 잡음으로써 원만과 균형을 이룰 수 있는 예가 된다. 이같은 태도에서 친구에 대한 그리움은 일상으로 자리 잡게 된다. 다음의 시는 그런 마음을 나타내는 증거가 된다

멀찌감치
어정거리며
그리움의 문자를 보내면

살가운 훈기 속으로
어둠을 짊어지고 내린다

넋두리 밀려오는 선창
오가는 대폿잔
달아오른 양은 냄비
생태탕…

비틀거리는 막차의 점멸이
부대낄 쯤
만남은 또 한 번의 길
서두르는
버스의 차창 속으로 멀어신나

<친구가 그리워지는 날>

 우정은 자기 마음의 갈증을 나타내는 표정일 수도 있을 것이다. 기다림으로 만나면 흥겹고 또 헤어질 때쯤에는 아쉬움의 그림자가 길어지는 안타까움이 있다면 생의 현실은 따스할 수 있을 것이라는 추측이다. 헤아리고 따지고 다툼의 우정이 아니라 생태탕 속에 보글거리며 시

간을 쪼개는 모습에는 소중함의 정情이 파도를 탄다. 이 때 시간은 뜀박질로 헤어짐을 재촉하고 다시 만남으로 되돌리려는 생각에는 삶의 의미가 앞장서게 된다. 친구가 그리운 마음에 흐르는 정감을 곧 시인의 마음이 따스함으로 채워지기를 바라는 뜻이 숨 쉬는 이유로 보이는 시가 친구에의 그리움을 배가하는 인상을 준다.

6) 아내 그리고 가족

가족은 삶의 원천이고 화목은 행복한 일상을 영위하는 본질일 것이다. 사랑과 원만이 저장된 공간이기 때문에 여기서 사회생활에의 길은 평화로운 희망이 펄럭이게 된다면 가정은 사회구성의 최소단위일지라도 가치에의 정점頂点이 된다. 즉 국가의 부강은 곧 가정으로 행복을 이어주는 일이라야 건강할 수 있기 때문이다. 신뢰와 화합의 가정은 그만큼 지주支柱의 역할이 명백할 때 비로소 가정의 행복은 이룩될 수 있을 것이다.

<아내>, <빈자리. 2>, <부부. 1, 2>, <겨울 햇살> 등은 아내를 위한 애틋한 마음의 표현이고 <임종>, <기일>은 어머니에 대한 상념을 그렸다면 <추상>, <단기 4310년 1월 24일의 일기>는 아버지의 모습을 그

리워하는 마음을 그렸고, <가족이란>과 <아들딸이 오는 날>은 가족의 소중한 음성이 투영되었다.

> 내가
> 숨을
> 곳
>
> 당신을
> 숨겨 줄
> 곳
>
> 들키지 않아서
> 좋은
> 곳

<부부. 1>

부부는 하나이자 둘이지만 결국 하나로 통합되는 이미지가 될 것이다. 서로를 숨겨준다는 의미는 하나일 것이고, 너도 없고 나도 없는 그러면서 너와 내가 존재하는 공간일 때엔 존경과 사랑이 근본을 이룩할 것이다. '너도 없고 나도 없음'은 사랑의 경우일 것이고 '너와 내가'는

존경으로의 개체를 의미할 때, 부부의 이름에는 따스하고 아늑한 사랑의 집 — '좋은 곳'이 된다. 좋은like의 뜻은 변함없는 이름일 때, '좋은'이 사랑으로 진행할 수 있다면 임규택은 아내에게 무한 신뢰와 깊은 애정의 물길을 보내는 미소가 안으로는 또렷하게 보인다.

> 자갈 깔린 마당
> 자박자박
> 다가오는
> 아내의 발걸음 소리
>
> <기다림. 2>에서

오일장에 나간 아내를 기다리는 마음이 애틋하다. 기다림이고 염려가 들어있는 애정의 소리 — '자박 자박'의 소리가 반가움을 나타내는 은근한 표현이면서 매우 정겹게 들린다. 겉으로 드러내는 사랑이 아니라 안으로 삭이는 사랑의 모습이 내면으로 가득한 인상을 줄 때, 비로소 환한 풍경의 공간이 보인다. 시의 회화적繪畵的 기능이 그림으로 연상되는 정경 — '고운 손 흔들어주는/아내의/포근한 눈길이구나' <겨울 햇살>의 정다움이 그려진다.

아버지는 가슴 깊이에 있고, 어머니는 따스한 손길에

있다면 임규택은 부재한 부모에 그리움을 띄우면서 보고
싶은 호소를 보낸다. '반닫이 속/영원히/살아 숨쉬는/핫
바지 저고리/한 벌' <추상-아버지>에서 살아 숨 쉬는
아버지의 체취를 찾아 헤매는 모습이라면. '무릎 꿇고/하
얀 고무신 놓아//그리움의 강/배무이가 되어/물길 모은
다' <기일-어머니>처럼 그리움의 강을 거슬러 올라
사랑의 따스함에 젖고 싶은 마음이 젖은 물기에 무거운
의식이 담겨진다.

> 서로 먼저
> 등 내밀어 업어주지
> 내가 나의 얼굴을 잘 아는 우리들은
> 마주보며 엉엉
> 울어도 좋을 것이지
> 더러는

<가족이란>에서

가족은 너와 내가 없을 때, 비로소 하나의 공간을 점한
소중한 사람들일 것이다. 아픔까지 안아주고 즐거움을
나눌 때라야 체온을 나누어주는 의지의 공간이 될 수 있
을 것이며, 삶의 의미를 개척하는 일에서 힘을 얻게 되는

가정의 소중한 이름 — 웃음과 울음이 하나의 역사를 만드는 길을 확장하게 된다. 이때 가정은 곧 삶의 에너지가 저장되는 곳이면서 그 에너지를 공유共有로 사용하면서 서로의 힘이 되는 가정이 곧 생의 의미와 연결고리를 갖게 되는 이치가 된다. 임시인은 가정의 소중함을 지키는 아버지의 울타리로서의 애환을 보람으로 느끼는 정서가 건강하다.

3. 마무리에서

시는 시인의 마음을 담아 그림을 그리는 일이고, 또 의미의 숲을 이룩하면서 생의 에너지에 활력을 주는 임무에 헌신獻身한다면 임규택의 시에는 자화상이 명료하게 투영되었고 그의 표정과 내면의 정서가 환하고 밝은 모습으로 언어화 되었다. 의식의 표정이 안과 밖으로 나누었지만 실재로는 통합의 정서가 아름다움으로 울리는 종소리와 같이 쟁쟁錚錚하다.

고향의 정서가 많이 등장하는 것은 나이의 깊이에서 오는 울림이고 이는 자연스런 사고의 변화와 맞물리고 있는 것 같다. 아울러 바다의 이미지 또한 추억을 되찾아

가려는 발상에서 어린 날들의 기억에 빛나는 가을 햇살
이 반짝이는 것 같은 포근한 뉘앙스를 전달한다.

　봄의 이미지가 번다한 것은 그의 심성을 나타내는 정
서의 변형이고, 정情 깊은 갈증에서 우정을 도탑게 하려
는 뜻 또한 내면의 따스한 정서와 상통하고 있다. 세상의
가치를 알고 행동에서 찾으려는 시적 정서의 건강성은
시의 미적美的가치를 생성生成하고, 내가 먼저가 아닌 우
리의 소중함을 앞자리에 놓으려는 표현미는 시의 건강과
삶의 건강이 어울리는 상징에서 임규택의 시는 투명하고
소박하면서도 깊이를 울리는 언어의 조화가 이채롭다.
그만큼 변화의 속도가 빠른 두 번째 시집의 특성일 것 같
아 안도감을 준다.

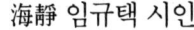

海靜 임규택 시인

· 1948년 부산광역시 출생

· ≪한국작가≫ 시 부문 등단
· 한국문인협회 회원
· 경기문인협회 심의위원
· 경기이천 문인협회 감사
· 경기광주 문인협회 회원

· 부악 문학, 바라 시 동인

· (주)동양밸브 부사장

· 저서 ┃ 시집『빨간 우체통』
　　　　　『고향이 보이는 창』

· 공저 ┃『봄날 열반으로 지다』
　　　　『꿈을 그리는 사람들의 이야기』
　　　　『낮달이 놓고 간 이야기』 외 다수

· 수상 ┃ 제7회 광주사랑 백일장 대상(시)

· email ┃ lkt1015@yahoo.co.kr

고향이 보이는 창

초판 1쇄 인쇄일	2011년 5월 25일
초판 1쇄 발행일	2011년 5월 26일

지은이	임규택
펴낸이	정진이
총괄	박지연
편집 · 디자인	김현경 김영희
마케팅	정찬용
관리	한미애 김민주
인쇄처	월드문화사
펴낸곳	새미
	등록일 2005 13 14 제17-423호
	서울시 강동구 성내동 447-11 현영빌딩 2층
	Tel 442-4623 Fax 442-4625
	www.kookhak.co.kr
	kookhak2001@hanmail.net

ISBN	978-89-5628-574-0 *03800
가격	11,000원